catch053 努比亞的線腳獅子　文字：巴斯卡　繪圖：BO2　責任編輯：韓秀玫　美術編輯：何萍萍

法律顧問：全理法律事務所董安丹律師　出版者：大塊文化出版股份有限公司

台北市105南京東路四段25號11樓　www.locuspublishing.com　**讀者服務專線：0800-006689**

TEL：(02) 87123898　　FAX：(02) 87123897　郵撥帳號：18955675　　戶名：大塊文化出版股份有限公司

總經銷：大和書報圖書股份有限公司　　地址：台北縣三重市大智路139號　TEL：(02) 29818089 (代表號)

FAX：(02) 29883028　29813049　製版：瑞豐實業股份有限公司

初版一刷：2003年8月　定價：新台幣 220 元　ISBN 986-7975-60-X　CIP 855　Printed in Taiwan

Lion of Nubia

努比亞的
線腳獅子

巴斯卡 • BO2

在前往阿布辛貝的路程中，

黑心的嚮導騎著駱駝逃跑了，

把我一個人拋棄在暗夜的沙漠裡。

我完全不知道自己在什麼地方，

雖然沙漠的夜空非常晴朗，

星星也非常清晰，

不過因為是完全陌生的緯度，

我從那當中根本認不出頭緒來。

「該怎麼辦呢？」

我坐在駱駝上望著繁複的星空自言自語著，

「不會死在這沙漠裡吧？」

「順著尼羅河再走五、六個小時就會到阿布辛貝了。」

不知道從什麼地方傳來的聲音這樣説。

我吃了一驚，

連忙坐直了向四周張望，

不過能看到的只是黑沉沉的曠野。

我沉默了一陣之後鼓起勇氣開口：

「請問是誰呢？」

「是努比亞的線腳獅子」剛剛那聲音説。

聽起來像是從靠近地面的地方傳來的。

「請問你在哪裡？」

「在駱駝旁，你叫駱駝停下來，我就可以爬上來。」

我拍了一下駱駝的側面，

駱駝就乖乖地停下腳步。

過了一會兒有一個毛茸茸的東西靠近我，

我在黑暗中瞇起眼睛努力地看了一陣，

果然是一隻線腳獅子，大約有一個手掌那麼大。

我又拍了一下駱駝讓牠重新起步，

然後跟這個黑夜的神秘夥伴打招呼：

「你好。你剛剛說你的名字是？」

「努比亞的線腳獅子。」

「謝謝你指點路徑給我。」

我向努比亞的線腳獅子表示謝意。

「你住在這沙漠裡嗎？」

「算是吧。」

線腳獅子說，

「是住在阿布辛貝的，所以要請你載我過去。」

「啊，沒問題。」我說，

「只要能夠平安到達阿布辛貝，

要送你去哪裡都可以。

不過你住在阿布辛貝的哪裡呢？」

「拉美西斯神殿。」

「唔？你為什麼會住在拉美西斯神殿？」

我很好奇地問。

「拉美西斯讓我住在那裡的。」

雖然黑夜裡看不清線腳獅子的表情，

不過牠似乎是很自然地回答。

「是拉美西斯啊。」

「是…現在躺在開羅博物館的那位拉美西斯嗎？」

「請不要這樣稱呼他好嗎？」

線腳獅子很不高興地說，

「拉美西斯是我的主人哪。」

「嗯……請問你說主人的意思是？」

「我是拉美西斯的寵物。」

「噢……」

雖然線腳獅子說得那麼自然，

不過我漸漸開始懷疑我是不是在作夢了。

「可是拉美西斯……據我所知，

是活在西元前一千多年前的人吧。」

「是啊。」線腳獅子漫不在乎地說。

「如果你是他的寵物，那不是已經三千多歲了？」

「那當然！」線腳獅子的回答讓我很為難。

面對一隻三千多歲的寵物，

我應該拿出怎樣的態度才好？

「那麼……請問你跟拉美西斯也會交談嗎？」

「當然啊。因為我是努比亞唯一會說話的獅子，

所以拉美西斯非常寵愛我。」

「你跟拉美西斯說什麼語言呢？」

「自然是埃及語啊。」

「就是寫在紙莎草紙上的那種嗎？」

「是啊。」線腳獅子說。

16

我本來想問牠是不是也看得懂那種文字，

不過還是忍住了沒有問。

如果線腳獅子又回答我「那當然」的話，

我可能會精神錯亂吧。

駱駝嗒嗒嗒嗒一直向前走。

「嘿，請問……」

沉默持續了一小段時間之後，

我還是忍不住再度提出問題，

「拉美西斯已經……那你為什麼還活著呢？」

變成線腳獅子不說話了。

「拉美西斯詛咒我。」

過了一陣子線腳獅子悶悶地說。

「嘎？他詛咒你一直活著嗎？」

我低頭看著線腳獅子，牠難過地點頭。

不過這樣實在很奇怪。

「法老們不是都想要永生嗎？

哪有詛咒人家永遠活著的？」

「不是那樣。」

雖然黑暗中看不清楚，

不過我可以感覺牠正用看笨蛋的眼神看著我。

「你真是什麼也不懂。

永生要通過死亡之後在天上實現啊。

像我這樣一直活著的怎麼說都只能算是懲罰。」

「噢。所以你會一直活下去嗎?」

「大概是吧。除非拉美西斯解除對我的詛咒。」

「但是他已經死了啊。」

「大笨蛋!拉美西斯是永生的啊!」

線腳獅子終於忍無可忍地罵了出來。

「請不要生氣。」我趕緊說,

「像我這樣的現代人是真的對拉美西斯不太了解。」

線腳獅子本來是跟我面對面坐在駱駝上的，

不過牠現在轉過身去背對著我了。

「大笨蛋。」我好像聽到牠又這樣小聲地罵了一句。

沉默持續了很久很久，

努比亞的線腳獅子好像已經

窩在駱駝背上的外套裡睡著了。

欸，拉美西斯，哪有人詛咒自己的寵物的啊。

我在心裡這樣想。

這隻線腳獅子雖然脾氣不太好，

不過也很可能是因為被你拋棄了三千年的關係吧。

我抬頭望著滿天的星星，嘆了一口氣。

你去看過拉美西斯嗎？」

線腳獅子突然說話了，

原來牠並沒有睡著。

「有啊，在開羅博物館裡。」

「拉美西斯看起來怎麼樣？」

「噫，你沒有去看過他嗎？」我很意外地說，

「你是他的寵物啊。」

「沒有。他詛咒我，我也會生氣的啊！」

線腳獅子維持著蜷成一團的姿勢，

若有所思地說。

然後又補充了一句：

「再說開羅也太遠了。」

真是找藉口。

「你有三千年的時間可以慢慢走到開羅哩。」

「真是受不了你。」

線腳獅子瞪著我，

「拉美西斯本來不是在開羅的，

他原來葬在底比斯，

不過那時候我已經被丟到阿布辛貝的神殿去了。

很久很久以後，

祭司們把他藏到盧克索的山谷裡，

我也是走了很遠的路去盧克索啊，

但是卻找不到進去墓室的入口。

最近那些盜墓人把他送去開羅的時候，

我還在河邊看他們把拉美西斯的棺柩走。」

「最近？」

我在肚子裡咕噥了一聲。

雖然不太確定時間，

但至少也是一、兩個多世紀以前的事吧。

不過我沒有說出來，

因為線腳獅子已經三千歲了，

牠把這件事稱為最近應該也沒什麼不對。

我本來想提醒牠那些人是考古學家，

不過想想那些人確實

也是爲了寶藏而挖了人家的墓，

跟盜墓人其實也沒有太大的差別。

於是我決定什麼都不説。

「拉美西斯看起來很好。」

過了一會兒我才想起應該回答牠先前的問題。

「嗯。」

線腳獅子點點頭，

沒有再説什麼。

喂，拉美西斯，

雖然線腳獅子沒有說出來，

不過可以感覺到牠很想念你呀。

既然你曾經非常鍾愛牠，

還是解除對牠的詛咒吧。

三千年沒見面，

再怎麼說都好像太久了一點。

路程非常遙遠，

一直坐在駱駝上讓我很不舒服，

於是我叫駱駝停下來，

笨手笨腳地爬下駱駝，

活動一下已經僵硬的手腳。

「拉美西斯一定還在生我的氣。」

線腳獅子又突然說話了。

「拉美西斯爲什麼詛咒你？」

我抬頭看著窩在外套裡的線腳獅子，

拍拍駱駝讓牠繼續走，

然後自己拉著韁繩跟在旁邊。

「拉美西斯開始病重的時候，

說要先送我的靈魂走，

要我到生命之河的對岸去等他。」

「那意思是說要你先死嗎？」

「是啊。」

線腳獅子很小聲地說，

「可是那時候我年紀太小了，

根本就不了解他的心情，

他很生氣，

就詛咒我永遠活在人世間。

然後他就派祭司送我去阿布辛貝的神殿，

從此以後我再也沒見過他。」

「拉美西斯會來接你的。」

我安慰線腳獅子。

不過我突然想到，

也許拉美西斯是永遠地死了。

也許根本沒有永生這回事。

我再度爬上駱駝。

不遠處的黑暗裡，

尼羅河的水向著我們背後迅速地流去。

嘿，拉美西斯，

你實在不應該詛咒努比亞的線腳獅子。

當初牠只是因為年幼而不懂得生與死的道理，

你不應該懲罰牠永遠活在人世間。

現在牠永遠地活下來了，

如果你是永遠地死了，

這對你們之中的任何一個來說都是一樣地殘酷。

不過拉美西斯，

你的心情也是可以理解的。

你那麼鍾愛的線腳獅子，

竟然在你瀕臨死亡的邊緣拒絕先渡河去等你，

你當時一定是非常傷心吧。

心腸剛硬的法老王也是會為寵物傷心的，

歷史課本裡從來沒有寫到這個。

「我還要再去開羅，

你願不願意跟我一起去看看拉美西斯呢？」

想到線腳獅子或許必須永遠活下去，

我想至少應該帶牠去再見拉美西斯一面吧。

「或許……等到了阿布辛貝再說吧。」

線腳獅子輕聲地回答。

我們終於來到拉美西斯神殿的時候，

天已經微微亮起來了。

努比亞的線腳獅子從外套裡出來，

沉默地望著宏偉的神殿。

神殿正面的四座拉美西斯巨型石雕中

有一個已經被運走了，

不知道當年線腳獅子看到這一幕時，

心裡是怎麼想的。

一定很生氣吧。

「搬運神殿？」

「是啊，

很多很多的人來到這裡，

亂七八糟地把神殿切成一塊一塊地吊到山上去。

當時我以為他們要把拉美西斯的神殿拆走，

這樣我就連拉美西斯給我的唯一的家都失去了啊。」

「不過神殿顯然並沒有被拆走呀。」

線腳獅子轉過頭來，

再度用看傻瓜的眼神望著我，

然後說：

「你……對埃及眞是一無所知啊。

因爲要建亞斯文水壩，

尼羅河的水會漲起來呀，

所以那些人就過來把神殿拆走，

在現在這個地方重建起來。

以前尼羅河的水位沒有這麼高，

神殿原來是在現在的河裡呀。」

「亞斯文建水壩的事情我知道，

只是不知道拉美西斯神殿有遷建過。

不過你也不用為這個生氣吧。」

「已經沒什麼好生氣的。」

線腳獅子淡漠地說，

「你們這個時代的人總是什麼都不懂。」

我不禁啞然。

「那些人跟我不能算是同一個時代的吧。」

「也差不了多少。」

「你是說時代差不了多少，

還是什麼都不懂這一點差不了多少？」

「還不是都一樣。」

線腳獅子很煩躁地說，

「請你不要問這種無聊的問題好嗎？

你們這個時代的事情自己去討論，

請不要麻煩古代人。」

我吐了一下舌頭。

真是驕縱法老王飼養的驕縱寵物。

拉美西斯因為一時的氣憤就詛咒自己的寵物，

線腳獅子一氣之下三千年都不去看拉美西斯。

「拉美西斯一定很兇暴，

因為他的寵物就已經很兇了。」

我試著表達自己的觀感。

「不要胡說八道。」

線腳獅子更不高興了，

「拉美西斯並不兇暴。」

「好吧，我道歉。不過你為什麼那麼生氣呢？」

「我並沒有生氣。」

線腳獅子悶悶地說。

正在這時候有一個人騎著駱駝

嗒嗒嗒嗒地往我們這邊過來。

「是你的嚮導。」線腳獅子提醒我。

那黑心嚮導顯然也認出我了，

連忙拍著駱駝調頭逃跑，

我在他背後大叫：

「喂！混蛋！你給我回來！把錢還給我！」

「算了吧。」

線腳獅子說，

「並不是什麼大不了的事情。」

「要不是遇到你，我一定被他害死了。」

我望著那再度逃跑的傢伙氣憤地說。

「沒死就好，再說就算死掉了也未必不好。」

聽到線腳獅子這樣說，

我忍不住嘆了一口氣。

黑心嚮導只不過把我拋棄在尼羅河邊的黑夜裡，

拉美西斯卻把線腳獅子拋棄在時間的牢獄裡。

「你在這裡住了多久啊？」

「我一直住在這裡，

直到聽說祭司把拉美西斯送往盧克索我才離開的，

大概住了……二千五百年吧。

我也搞不太清楚。」

我不由得深深地嘆了一口氣。

線腳獅子很容易就心情不好是不能怪牠的。

誰能活三千多年而不感到煩躁呢。

「嘿，你還是跟我去開羅看拉美西斯吧。」我說，

「你不要再生他的氣了，

他最後那段時間沒有你陪伴一定也很不好過。」

線腳獅子瞇起眼睛，

轉頭望向在晨曦中微微泛著水光的尼羅河，

既沒有答應也沒有不答應。

過了一會兒牠說：

「那些討厭鬼來拆神殿的時候，

我以為拉美西斯再也不會原諒我了。

當時我以為他是對我感到非常非常生氣，

所以才不再保佑他的神殿，

讓我失去最後棲身的地方。」

「不是這樣的啦。拉美西斯並不生氣。」我說，

「如果不是因為他細心庇護你的居所，

那些討厭鬼一定已經讓神殿沉入尼羅河底了。」

天已經完全亮起來了，

線腳獅子抬頭望著初昇的太陽，

像唱歌　樣唸出詩句：

「安寧地來到這裡並穿越天空的人，就是太陽神。」

陽光一瞬間就變得非常耀眼。

果然是太陽神阿蒙降臨埃及大地嗎？

白天的沙漠太熱了，

我走到神殿入口附近一處隱密的陰影裡納涼，

不過線腳獅子好像在沈思，

並沒有跟我一起躲進陰影裡，

一直沉默著在又乾又硬的沙地上繞著圈圈踱步，

蓬鬆的長毛在陽光裡發出金色的閃光。

「你的毛色很漂亮。」

我略微提高音調說。

線腳獅子抬起頭看向我這邊，

然後慢慢走進神殿的陰影裡。

「是拉美西斯親手幫我染的。」

「唔？用什麼染的？」

「散沫花。」

線腳獅子在我腳邊坐下來，

很懷念地說，「在底比斯的王宮裡，

拉美西斯幫我把毛染成金黃色，

還給我一朵睡蓮花當椅子。」

「所以拉美西斯是非常寵愛你的。」我說。

看著線腳獅子孤單地懷念

已經逝去三千多年的主人，

我的心就一直向下沉落。

三千年來一直背負著拉美西斯的記憶，

線腳獅子一定常常覺得記憶的深處非常沉重。

被曼妙音樂包圍的底比斯王宮，

睡蓮載浮載沉的下埃及尼羅河，

以及長滿紙莎草的沼澤……

所有和拉美西斯共有的回憶，

最後卻被漫長的時間之河

無情地埋進沙漠深處的巨石神殿裡。

拉美西斯，如果我是你，

無論如何也不會這樣對待自己的寵物啊。

那天晚上我終於從茫漠的星空中

辨認出最明亮的天狼星，

我指給線腳獅子看，

牠說：「那是阿奴比斯，是引渡亡魂的神。」

我正想說話的時候，

線腳獅子卻傷心地哭泣了。

「嘿，不要傷心。」

我把線腳獅子放進外套裡，

然後將外套抱在胸前。

「拉美西斯不是故意要讓你過這樣孤單的日子。

我們明天就啓程去開羅吧。

我聽到拉美西斯在呼喚你了。」

線腳獅子窩在外套裡，

好像尼羅河的河水一般嗚咽著。

嘿，阿奴比斯，到這裡來吧，

努比亞的線腳獅子在無盡的時光裡

尋找著牠的主人拉美西斯。

在每一個趕路前往開羅的夜晚，

我都這樣向黑夜的曠野無聲地呼喚著。

快要到基沙的那個晚上，

當線腳獅子蜷在我的外套裡沉睡時，

我聽到細碎的腳步聲靠近我們。

暗夜裡的胡狼一度非常接近，

安靜地與我們並行了一段時間，

然後又在黑暗中隱沒了牠閃著綠色幽光的眼睛。

是阿奴比斯嗎？

我聽著逐漸遠去的腳步聲，

再度向黑夜的曠野無聲地呼喚著。

開羅博物館前方的池塘裡，

睡蓮花在陽光下安靜地漂浮著。

早晨的陽光裡只有少數幾個人坐在池畔。

我站在博物館門口的石階上，

和線腳獅子一起望著睡蓮花池塘。

「真漂亮的睡蓮花。」我說。

線腳獅子望著睡蓮花，

似乎想起了什麼事情，

低頭落入沉思裡。

最後牠好像放棄了那些思緒，

說：「拉美西斯看起來好嗎？」

「不要擔心，拉美西斯看起來非常好。」

其實我很擔心線腳獅子看到拉美西斯的反應。

或許對我來說，

拉美西斯看起來仍舊栩栩如生，

但是三千年前線腳獅子最後一次見到拉美西斯時，

他還是個活生生的人，

說不定線腳獅子並不能接受拉美西斯現在的樣子。

「不過，說不定拉美西斯並不想見到我。

他詛咒我啊。」

線腳獅子好像有點緊張地縮了一下。

「你不要開玩笑了。」我說，

「他生你的氣是三千年前的事情了啊。

沒有人會記恨三千年的吧。」

「拉美西斯就是啊。」

綿腳獅子小聲地說，

「他一直沒接我走，一定是因為還在生氣的關係。」

也許拉美西斯只是單純地死了。

雖然一路上這種想法始終像沙漠的鬼火般

不時在腦中出沒，

我卻不能說出來，

只好說：「不要胡思亂想了，我們進去吧。」

我帶著線腳獅子來到拉美西斯面前。

在寬大的展示室中央，

拉美西斯靜靜地躺著，

雙手交疊在胸前，

彷彿沉睡著一般，

被鎖在一塵不染的玻璃櫃裡。

我把線腳獅子放在玻璃櫃上。

牠低頭看看拉美西斯的臉，

看看他的手和他全身包裹著的細亞麻布，

最後又轉回來看著拉美西斯的臉。

早晨的陽光從窗口照進來，

照亮了拉美西斯的臉，

把他略微彎曲的頭髮照得閃閃發光，

就好像線腳獅子的毛色一樣。

嗨，拉美西斯，

努比亞的線腳獅子終於來看你了。

不知道這三千年裡，

你是否曾經想像過線腳獅子的心情。

每一次我想起來，

彷彿都能看到獨坐在燦爛的星空下，

巨大的神殿前，

那小小的線腳獅子的背影。

我簡直不能去想像，

每天每天望著星星橫過天空，

等待時間一點一滴流逝的感受。

如果我是你，

我連一次的想像也承受不起啊。

我很明白來到這裡以後，

除了陪伴以外已經沒有我可以做的事情，

我所不明白的是，

多久的相聚才能安慰三千年的分別呢。

也許曾經有過那麼一個早晨，

尼羅河上沒有雲也沒有風，

睡蓮花在水光裡動也不動。

百無聊賴的線腳獅子坐在拉美西斯的膝蓋上，

抱怨著河邊的豔陽。

「沒有風啊。」

我彷彿能聽見線腳獅子這樣小聲地抱怨。

拉美西斯在陽光裡沉默著。

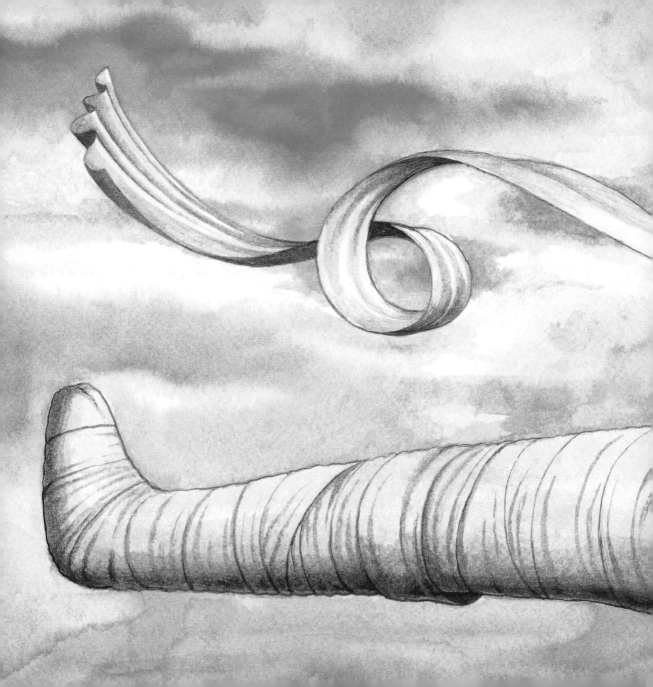

「什麼時候才會有風呢？我想坐船出去。」

「再等等吧。再等等吧。

有風的時候，我就帶你去坐船。」

我吃了一驚，

回頭去看線腳獅子，

牠還維持著原先的姿勢低頭望著拉美西斯。

拉美西斯也並沒有動……

我想像著那一天，

線腳獅子終於還是沒有等到風起的心情。

原來這就是等待的感覺。

當我繼續站在這裡，

愈來愈能明白線腳獅子的心情。

看著慢慢升高的陽光把樹蔭一點一點奪走，

就像眼睜睜看著時間的沙漏一點一點掩埋希望，

力氣會慢慢耗盡，心裡會變得空虛，

所有的景物拿永恆當背景的時候，

都會漸漸褪了顏色。

不知道什麼時候開始，

愈來愈多人往博物館走來，

最後變成像潮水一樣不斷湧進的人群。

池塘裡的睡蓮花也突然興奮起來，

好像無聲地歡呼一樣，

搖擺著變換彼此間的位置，

在陽光下排列出奇妙的圖形。

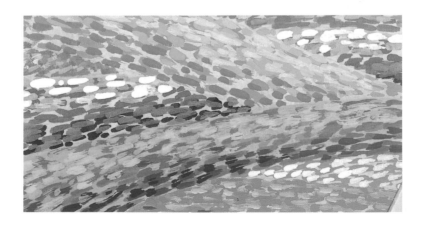

我呆呆望著那景象好一陣子才明白過來，

那是風。

「起風了，拉美西斯。」

我望向窗外，

又望向玻璃櫃，

原本坐著的線腳獅子已經繾成一團倒在玻璃櫃上。

我抱著莫名的預感走過去，

拿起線腳獅子，

牠的手腳從我掌心軟軟地垂下來，

就像玩具一樣，一點生氣也沒有。

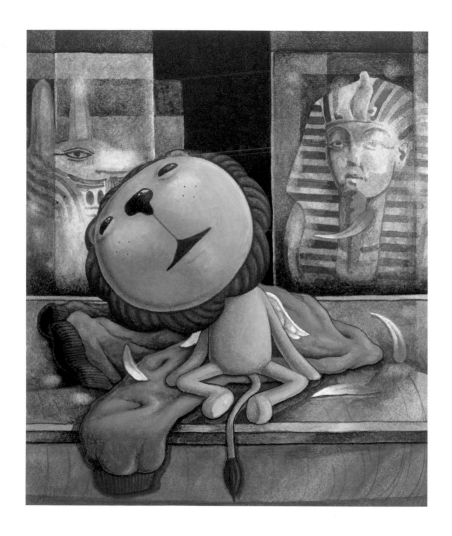

我望著手中的線腳獅子，

又低頭去看拉美西斯。

拉美西斯還是靜靜地躺在玻璃櫃裡，

安詳地閉闔著雙眼，

雙手交疊在胸前。

但突然之間我明白了，

拉美西斯是把心愛的東西抱在胸前。

我慢慢往博物館外走去。

好多好多的人不斷湧來，

撞著我的肩膀又踢到我的腳跟，

我好不容易才擠出人群走下博物館門口的石階，

在池塘邊停下腳步，

回頭去看看那間展示室。

一陣涼風吹過來，

陽光在那一瞬間就變得非常耀眼，

我舉起手來遮陽，

但眼裡看出去就是一片模糊，

高大的開羅博物館和擾動的人群，

看起來就像一片無邊的睡蓮花海，

在燦爛的陽光下隨風浮動。

我將手靠上胸前的口袋，

就站在那裡閉上了眼睛，

感覺到耳邊充滿各色各樣的聲音。

陽光灑落大地的聲音，

睡蓮花歡呼鼓動的聲音，

遠方尼羅河上的船隻風帆漲滿的聲音，

還有我從沒聽見過的快樂笑聲，

從很遠很遠的遠方隨風吹到這座博物館前。

名詞解釋：

＊努比亞
東北非古代的一個地區，相當於今日埃及南部和蘇丹北部。
古代努比亞人曾統治埃及並創造了燦爛的文化。
現在埃及的努比亞人是該國的少數民族之一，
他們依然保持自己特有的文化傳統，同時也隨著社會的進步而變化。

＊阿布辛貝（p.5）
西元前1275年，拉美西斯二世時建的神殿。
位於埃及最南部，距離蘇丹僅有20分鐘車程。
因為兩座神廟而舉世聞名，分別是阿布辛貝大小神廟。
亞斯文水壩動工時，因神殿位於淹沒區，
埃及政府在聯合國教科文組織的協助下，
於1962年開始遷移，歷經18年始成功遷離原址。

＊紙莎草紙（p.15）
通常用香蕉葉製造，真正的紙莎草紙經得起揉搓。

＊盧克索（p.26）
位於開羅以南700多公里處的尼羅河畔，如今是埃及文化古蹟集中的旅遊勝
地。它建於古代名城底比斯的南半部遺址上。

＊底比斯（p.26）
西元前2134年，埃及第十一王朝法老孟蘇好代布興建底比斯作為都城，
直到西元前27年，底比斯毀於一場大地震。
底比斯不僅是埃及法老們生前的都城，也是法老們死後的冥府。
底比斯橫跨尼羅河兩岸，位於現今埃及首都開羅南面700多公里處，
底比斯的右岸，也叫東岸，是當時古埃及的宗教、政治中心。
底比斯的左岸，則為西岸，是法老們死後的安息之地。
鼎盛時期，城跨尼羅河兩岸，有「一百個城門的底比斯」的描述。

＊阿蒙神（p.61）
在新王國時期受崇拜的底比斯神，後來成為至高神。
阿蒙，意思是隱藏，阿蒙神是看不見的，因為他無處不在。
阿蒙千變萬化，有時是一條蛇，有時則是一隻金龜子，但最常見的則是王者
形象，只在王冠上有不同的標記，以別於人間的法老王，甚至連獨手獨腳的
男性生殖之神，也算是阿蒙神的另一種形體。

＊散沫花（p.62）
古埃及人用來染指甲、手掌和腳底的天然染料。
由生長在亞洲和北非的女貞樹的乾葉製成。
女貞樹葉採集後，在太陽下曬乾，然後碾碎成綠色粉末。
如果樹葉是在不完全成熟時採集的，叫做綠散沫花，
能產生一種略黃的淡紅色。完全成熟的植物製成的散沫花，
則產生較濃豔的紅色。

＊阿奴比斯（p.65）
埃及古代木乃伊之神阿奴比斯（Anubis）的信仰起源於胡狼崇拜，後來狗也被
接受為阿奴比斯的化身。狗木乃伊成為獻給阿奴比斯的祭禮。